HIDE & SPEAK
IRISH

Catherine Bruzzone and Susan Martineau
Irish advisor: Rachel ní Chuinn
Illustrated by Louise Comfort

THE O'BRIEN PRESS
DUBLIN

Ar an bhfeirm - On the farm

1	Leanann **an cat an luchóg**.	1	**The cat** is chasing **the mouse**.
2	Tá **an madra** ina chodladh faoin ngrian.	2	**The dog** is sleeping in the sun.
3	Tá **an capall** sa stábla.	3	**The horse** is in the stable.
4	Tugann **an bhó** bainne.	4	**The cow** gives milk.
5	Itheann **an muc** a lán.	5	**The pig** is eating a lot!
6	Tá **na caoirigh** sa pháirc.	6	**The sheep** are in the field.
7	Tá **an lacha** ag snámh san lochán.	7	**The duck** is swimming on the pond.
8	Tá **an gabhar** ag ithe féir.	8	**The goat** is eating grass.

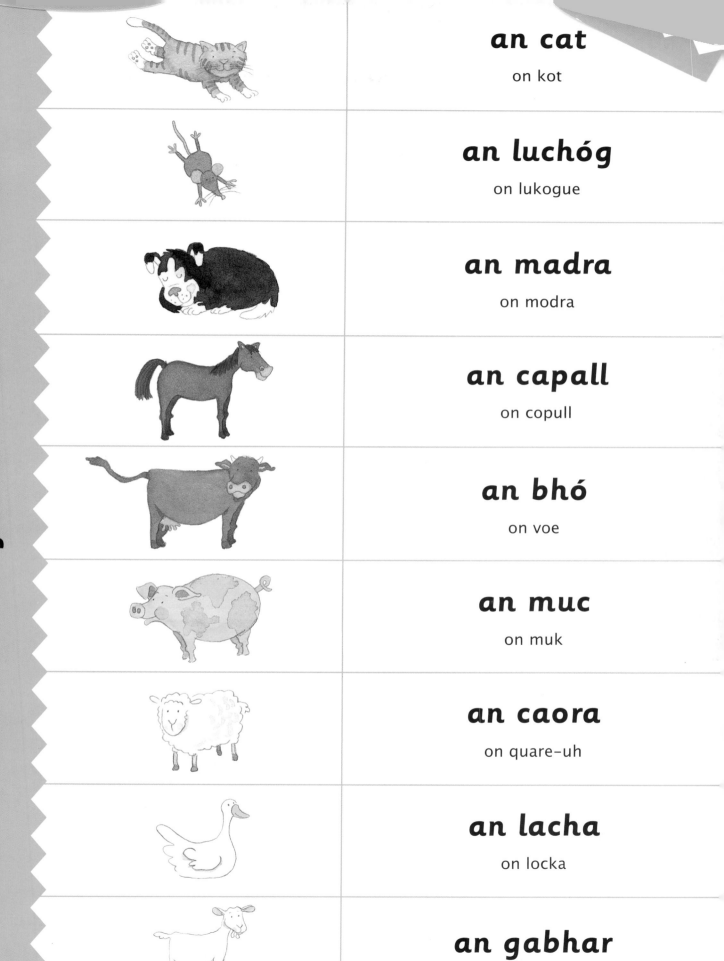

an cat

on kot

an luchóg

on lukogue

an madra

on modra

an capall

on copull

an bhó

on voe

an muc

on muk

an caora

on quare–uh

an lacha

on locka

an gabhar

on gower

Sa seomra ranga - In the classroom

1 Glaonn **an múinteoir** 'Tost!'	1 **The teacher** calls 'Silence!'
2 Tá Sorcha ina seasamh **ar an gcathaoir**.	2 Sarah is standing **on the chair**.
3 Tá Peadar **faoin mbord**.	3 Peter is **under the table**.
4 Chaith Eoin **an leabhar**.	4 Owen threw **the book**.
5 Tá Éilis ag scriobláil leis **na pinn luaidhe daite**.	5 Elizabeth is scribbling with **the coloured pencils**.
6 Titeann **an gliú** ar an urlár.	6 **The glue** falls on the floor.
7 Gearrann Máire **an páipéar**.	7 Mary is cutting up **the paper**.
8 Tá **an peann ar an mbord**.	8 **The pen** is **on the table**.
9 Agus tá Pól ag imirt ar **an ríomhaire** go ciúin!	9 And Paul is playing quietly with **the computer**!

an múinteoir

on moontore

an chathaoir

on koheer

an bord

on board

an leabhar

on lau–er

peann luaidhe daite

pyown looy dotcha

an gliú

on gloo

an páipéar

on pawpair

an peann

on pyown

an ríomhaire

on reevera

Teagmháil do cheann - Touch your head

1	Teagmháilim **mo cheann**.	1	I'm touching **my head**.
2	Teagmháilim **mo shúile**.	2	I'm touching **my eyes**.
3	Teagmháilim **mo shrón**.	3	I'm touching **my nose**.
4	Teagmháilim **mo bhéal**.	4	I'm touching **my mouth**.
5	Teagmháilim **mo ghuaillí**.	5	I'm touching **my shoulders**.
6	Teagmháilim **mo ghéag**.	6	I'm touching **my arm**.
7	Teagmháilim **mo lámh**.	7	I'm touching **my hand**.
8	Teagmháilim **mo chos**.	8	I'm touching **my leg**.
9	Teagmháilim **mo chos**.	9	I'm touching **my foot**.

an ceann

on kyoun

na súile

nuh soola

an srón

on shrone

an béal

on bay–ul

na guaillí

nuh goolee

an ghéag

on gayag

an lámh

on lawv

an chos

on kuss

an chos

on kuss

Sa dufair - In the jungle

1	bóín Dé **dearg**	1	a **red** ladybird
2	féileachán **gorm**	2	a **blue** butterfly
3	duilleog **ghlas**	3	a **green** leaf
4	toradh **buí**	4	a **yellow** fruit
5	pearóid **oráiste**	5	an **orange** parrot
6	seangán **dubh**	6	a **black** ant
7	féileachán **bán**	7	a **white** butterfly
8	bláth **corcra**	8	a **purple** flower
9	géag **dhonn**	9	a **brown** branch

dearg
djarug

gorm
gurum

glas
gloss

buí
bwee

oráiste
urawshta

dubh
duv

bán
bawn

corcra
kurcra

donn
down

An bosca gléasta - The dressing-up box

1 Cuirim orm **an sciorta**.

2 An bhfuil tú ag cur ort **an gúna**?

3 Cuireann Ciara uirthi **na brístí**.

4 Cuireann Seán air **an cóta**.

5 Cuirimid orainn **na bróga**.

6 Cuireann Séamus agus Daire orthu **an léine**.

7 Cuireann Clódagh uirthi **na pitseamaí**.

8 Cuireann an leanbh air **na stocaí**.

9 Cuireann an madra air **an hata**.

1 I'm putting on **the skirt**.

2 Are you putting on **the dress**?

3 Ciara is putting on **the trousers**.

4 John is putting on **the coat**.

5 We're putting on **the shoes**.

6 James and Dara are putting on **the shirt**

7 Clodagh is putting on **the pyjamas**.

8 The baby is putting on **the socks**.

9 The dog is putting on **the hat**.

an sciorta

on shkerta

an gúna

on goona

na brístí

nuh breeshtee

an cóta

on koh–tha

na bróga

nuh brohga

an léine

on layna

na pitseamaí

nuh pitshamee

na stocaí

nuh stukee

an hata

on hotta

11

Lá ag an zú - A day at the zoo

1 Tá leanbh ag **an sioráf**.

2 Tá **an leon** ina chodladh faoin chrann.

3 Tá **an tíogar** ag ithe a bhéile.

4 Tá **an eilifint** dá ghlanadh.

5 Tá **an crogall** ag snámh sa loch.

6 Tá **an nathair** sa chrann.

7 Tá **an béar bán** ag dreapadh ar charraig.

8 Is maith leis **an dobhareach** láb.

9 Tá **an deilf** ag léim san aer.

---

1 **The giraffe** has a baby.

2 **The lion** is sleeping under the tree.

3 **The tiger** is eating its meal.

4 **The elephant** is washing.

5 **The crocodile** is swimming in the lake.

6 **The snake** is in the tree.

7 **The polar bear** is climbing on a rock.

8 **The hippopotamus** likes mud.

9 **The dolphin** is jumping in the air.

an sioráf

on shurawf

an leon

on lone

an tíogar

on teegar

an eilifint

on elifint

an crogall

on crugal

an nathair

on na–her

an béar bán

on bare bawn

an dobhareach

on dowerak

an deilf

on delf

13

Ar an sráid - In the street

1	Tá an bhean **ag trasnú na sráide**.	1	The woman **is crossing the street**.
2	Tá na páistí **ar an gcosán**.	2	The children are **on the pavement**.
3	Stopann **an bus** ag **stad an bhus**.	3	**The bus** stops at **the bus stop**.
4	Stopann **an leoraí** ag **na soilse tráchta**.	4	**The lorry** stops at **the traffic lights**.
5	Tá an buachaill ar **an rothar**.	5	The boy is on **the bicycle**.
6	Tá **an carr** dearg.	6	**The car** is red.
7	Tá **carr na ngardaí** ag dul go tapaidh.	7	**The police car** is going fast.

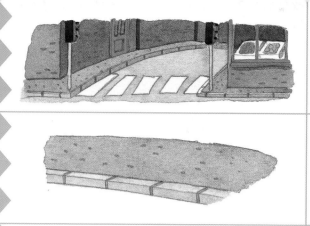

an sráid

on shroyd

an cosán

on kussawn

an bus

on bus

stad an bhus

stod on vus

an leoraí

on lurree

na soilse tráchta

nuh syle-sha trawkta

an rothar

on ruh-her

an carr

on cawr

carr na ngardaí

cawr nuh nawrdee

15

Ag an trá - At the beach

1	Tá **an fharraige** ghorm.	1	**The sea** is blue.
2	Tá **an gaineamh** buí.	2	**The sand** is yellow.
3	Itheann **an faoileán an t-iasc**.	3	**The seagull** is eating **the fish**.
4	Tá **an fheamainn** ghlas.	4	**The seaweed** is green.
5	Tá **an sliogán ar an gcarraig**.	5	**The shell** is **on the rock**.
6	Tá na páistí **sa bhád seoil**.	6	The children are **in the sailing boat**.
7	Tá go leor **tonnta** mhóra ann.	7	There are lots of big **waves**.

an fharraige
an arriga

an gaineamh
on gonyiv

an faoileán
on fwaylawn

an t-iasc
on tee-usk

an fheamainn
on amin

an sliogán
on shligawn

an charraig
on karrig

an bád seoil
on bawd shole

an tonn
on tun

Mo chlann - My family

1 Tá **mo mháthair** ina suí ag an mbord.

2 Tá **m'athair** ag caint le
  mo sheanathair.

3 Tá **mo dheartháir** ag spraoí lena traein.

4 Tá **mo sheanmháthair** ag ithe spaghetti.

5 Cabhraíonn **m'aintín** le **mo dheirfiúir**.

6 Tá **m'uncail** ag ól roinnt uisce.

7 Tá **mo chol ceathracha** ag breathnú
  ar an teilifís.

1 **My mother** is sitting at the table.

2 **My father** is talking to
  my grandfather.

3 **My brother** is playing with his train.

4 **My grandmother** is eating spaghetti.

5 **My aunt** is helping **my sister**.

6 **My uncle** is drinking some water.

7 **My cousins** are watching television.

mo mháthair/mhamaí
muh wawher/womee

m'athair/mo dhaidí
maher/muh yadee

mo dheirfiúir
muh grifoor

mo dheartháir
muh grihaar

mo sheanmháthair
muh yanwawher

mo sheanathair
muh yanaher

m'aintín
manteen

m'uncail
munkel

mo chol ceathracha
muh kul-kahricka

Am cóisire - Party time!

1	Itheann Sinéad **ceapaire**.	1	Jane is eating **a sandwich**.
2	Tá **seacláid** ar iarraidh ag an leanbh.	2	The baby wants **chocolate**.
3	Tá **an cáca milis** ar an mbord.	3	**The cake** is on the table.
4	Tá **na sceallóga** te.	4	**The chips** are hot!
5	Tá **an píotsa** beagnach críochnaithe.	5	**The pizza** is almost finished.
6	Tá **uachtar reoite** ag Conor.	6	Conor has **an ice-cream**.
7	An bhfuil tú ag iarraidh **cóc** nó **sú oráiste**?	7	Do you want **coke** or **orange juice**?
8	Is fearr liom **uisce**.	8	I prefer **water**.

an ceapaire

on kyapurra

an tseacláid

on tchokloyd

an cáca milis

on kawka millish

na sceallóga

nuh shkalloga

an píotsa

on peetza

an t-uachtar reoite

on tookter roh–cha

an cóc

on koke

an sú oráiste

on soo urawshta

an t-uisce

on tishka

Ag ceannach bréagán - Shopping for toys

1 Tá **an teidí** níos mó ná an buachaill.

2 Tá Áine ag imirt leis **an róbat**.

3 Ba mhaith le Feargus **an liathróid** a fháil.

4 An fearr leat **an puzal** nó **an cluiche**?

5 Is iontach an craic é **an peil boird**!

6 Tá Orlaith agus Liam ag breathnú ar **an gcluiche ríomhaire**.

7 Tá Daid ag ceannach **an múnla eitleáin**.

8 Is breá leis na cailíní **na coirníní**.

1 **The teddy** is bigger than the boy.

2 Anne is playing with **the robot**.

3 Fergus wants to buy **the ball**.

4 Do you prefer **the puzzle** or **the game**?

5 **Table football** is really fun!

6 Orla and Liam are looking at **the computer game**.

7 Dad is buying **the model aeroplane kit**.

8 The girls like **the beads**.

an teidí
on tedee

an róbat
on roh-bot

an liathróid
on leeroh-id

an puzal
on puzal

an cluiche
on cli-ha

an peil boird
on pell board

an cluiche ríomhaire
on cli-ha reevera

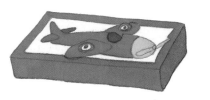

an múnla eitleáin
on moonla etchlawn

na coirníní
nuh kerneenee

23

Ag ní na gréithe - Washing up

1	Tá Daidí ag ní na gréithe **san doirteal**.	1	Daddy is washing up **in the sink**.
2	Gearrann Mamaí an t-úll leis **an scian**.	2	Mummy is cutting the apple with **the knife**.
3	Tá **an spúnóg** agus **an forc** salach.	3	**The spoon** and **the fork** are dirty.
4	Tá **gloine uisce** ag Síle.	4	Shiela has **a glass of water**.
5	Féachann an cat isteach **sa chuisneoir**!	5	The cat is looking in **the fridge**!
6	Tá **an pláta** ag titim anuas.	6	**The plate** is falling down.
7	Tá **na sáspain ar an gcócaireán**.	7	**The saucepans** are **on the cooker**.

an doirteal

on dertel

an scian

on shkeen

an spúnóg

on spoonogue

an forc

on furk

an ghloine

on glinnah

an cuisneoir

on quishnore

an pláta

on plawta

an sáspan

on sawsspun

an cócaireán

on koke-erawn

25

Faoin tuath - In the country

1	Tá Maebh ag dreapadh **sa chrann**.	1	Maeve is climbing **in the tree**.
2	Tá **an féar** glas.	2	**The grass** is green.
3	Tá **an pháirc** lán de **bláthanna**.	3	**The field** is full of **flowers**.
4	Tá **an sliabh** an-árd.	4	**The mountain** is very high.
5	Tá go leor **crainn sa choill**.	5	There are a lot of **trees in the forest**.
6	Trasnaíonn **an droichead an abhainn**.	6	**The bridge** crosses **the river**.
7	Tá **an t-éan** ag déanamh a neide.	7	**The bird** is making its nest.

an crann

on crown

an féar

on fair

an pháirc

on fawrk

an bláth

on blaw

an sliabh

on shleev

an choill

on quill

an droichead

on dri-hud

an abhainn

on ow-in

an t-éan

on tayun

Am folctha - Bathtime

1 Tá Pól á ní féin **le gallúnach**.

2 Tá **an doirteal** lán le huisce.

3 Tá Liam ag súgradh **leis an gcith**.

4 Tá an cat ina chodladh **ar an tuáille**.

5 Tá **an leithreas in aice leis an bhfolcadh**.

6 Tá Máire ag cur **taos fiacla** ar an scuab fiacla.

7 Tá **an scáthán os cionn an doirtil**.

1 Paul is washing himself **with soap**.

2 **The washbasin** is full of water.

3 Liam is playing **with the shower**.

4 The cat is sleeping **on the towel**.

5 **The toilet** is **next to the bath**.

6 Mary is putting **toothpaste** on the toothbrush.

7 **The mirror** is **above the washbasin**.

an ghallúnach

on golloonock

an doirteal

on dertel

an cith

on kih

an tuáille

on too-awlya

an leithreas

on leh-rus

an folcadh

on fulka

an taos fiacla

on tayus feekla

an scuab fiacla

on skoo-ub feekla

an scáthán

on skawhawn

29

I mo sheomra - In my bedroom

1	Tá mé i mo chodladh i **mo leaba**.	1	I'm sleeping in **my bed**.
2	Tá **an clog aláraim** ar **an seilf**.	2	**The alarm clock** is on **the shelf**.
3	Is maith liom breathnú ar **an teilifís**.	3	I like watching **television**.
4	Tá **mo leaba in aice na fuinneoige**.	4	**My bed** is **near the window**.
5	Tá m'éadaí **sa vardrús**.	5	My clothes are **in the wardrobe**.
6	Tá **mo válcaire** ar **an ruga**.	6	**My Walkman** is on **the rug**.
7	Osclaíonn Mamaí **an doras**.	7	Mummy is opening **the door**.

an leaba

on laba

an clog aláraim

on clug alawrim

an seilf

on shelf

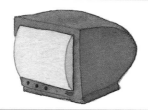

an teilifís

on tellifeesh

an fhuinneog

on innyogue

an vardrús

on vordroose

an válcaire

on vawlkera

an ruga

on rugga

an doras

on durrus

Word list

Ar an bhfeirm p2
Na hainmhithe feirme

bó	cow
caora	sheep
capall	horse
cat	cat
gabhar	goat
lacha	duck
luchóg	mouse
madra	dog
muc	pig

On the farm
Farm animals

Sa seomra ranga p4
An seomra ranga

bord	table
cathaoir	chair
gliú	glue
leabhar	book
múinteoir	teacher
páipéar	paper
peann	pen
peann luaidhe daite	coloured pencil
ríomhaire	computer

In the classroom
The classroom

Teagmháil do cheann p6
An corp

béal	mouth
ceann	head
cos	foot
cos	leg
géag	arm
guaillí	shoulders
lámh	hand
srón	nose
súile	eyes

Touch your head
The body

Sa dufair p8
Na dathanna

bán	white
buí	yellow
corcra	purple
dearg	red
donn	brown
dubh	black
glas	green
gorm	blue
oráiste	orange

In the jungle
Colours

An bosca gléasta p10
Éadaí

brístí	trousers
bróga	shoes
cóta	coat
gúna	dress
hata	hat
léine	shirt
pitseámaí	pyjamas
sciorta	skirt
stocaí	socks

The dressing-up box
Clothes

Lá ag an zú p12
Na hainmhithe fiáine

béar bán	polar bear
crogall	crocodile
deilf	dolphin
dobhareach	hippopotamus
eilifint	elephant
leon	lion
nathair	snake
sioráf	giraffe
tíogar	tiger

A day at the zoo
Wild animals

Ar an sráid p14
An sráid

bus	bus
carr	car
carr na ngardaí	police car
cosán	pavement
leoraí	lorry
rothar	bicycle
soilse tráchta	traffic lights
sráid	street
stad an bhus	bus stop

In the street
The street

Ag an trá p16
An trá

bád seoil	sailing boat
carraig	rock
faoileán	seagull
farraige	sea
feamainn	seaweed
gaineamh	sand
iasc	fish
sliogán	shell
tonn	wave

At the beach
The beach

Mo chlann p18
An chlann

aintín	aunt
athair/daidí	father/daddy
col ceathracha	cousins
deartháir	brother
deirfiúr	sister
máthair/mamaí	mother/mummy
seanathair	grandfather
seanmháthair	grandmother
uncail	uncle

My family
The family

Am cóisire! p20
An chóisir

cáca milis	cake
ceapaire	sandwich
cóc	coke
píotsa	pizza
sceallóga prátaí	chips
seacláid	chocolate
sú oráiste	orange juice
uachtar reoite	ice-cream
uisce	water

Party time!
The party

Ag ceannach bréagán p22
Bréagáin

cluiche	game
cluiche ríomhaire	computer game
coirníní	beads
liathróid	ball
múnla eitleáin	model aeroplane kit
peil boird	table football
puzal	puzzle
róbat	robot
teidí	teddy

Shopping for toys
Toys

Ag ní na gréithe p24
An chistin

cócaireán	cooker
cuisneoir	fridge
doirteal	sink
forc	fork
gloine	glass
pláta	plate
sáspan	saucepan
scian	knife
spúnóg	spoon

Washing up
The kitchen

Faoin tuath p26
An tuath

abhainn	river
bláth	flower
coill	forest
crann	tree
droichead	bridge
éan	bird
féar	grass
páirc	field
sliabh	mountain

In the country
The country

Am Folctha p28
An seomra folctha

cith	shower
doirteal	washbasin
folcadh	bath
gallúnach	soap
leithreas	toilet
scáthán	mirror
scuab fiacla	toothbrush
taos fiacla	toothpaste
tuáille	towel

Bathtime
The bathroom

I mo sheomra p30
An seomra codlata

clog aláraim	alarm clock
doras	door
fuinneog	window
leaba	bed
ruga	rug
seilf	shelf
teilifís	television
válcaire	Walkman
vardrús	wardrobe

In my bedroom
The bedroom